S0-ARO-543

BAKUGAN™
BATTLE BRAWLERS

ADAPTADO POR TRACEY WEST

SCHOLASTIC INC.

New York   Toronto   London   Auckland   Sydney
Mexico City   New Delhi   Hong Kong   Buenos Aires

¡LLAMADO A PELEAR!

¿Piensas en Bakugan nada más despertarte por la mañana y sueñas con él por la noche? Cuando estás en el patio de tu escuela, ¿te lo imaginas como un campo de batalla Bakugan? Cuando estás cenando, ¿estás tentado a lanzar las albóndigas al otro lado de la mesa al grito de "Llamado a pelear"?

No te preocupes. ¡No estás solo! La fiebre Bakugan se está extendiendo por todo el planeta. Peleadores de todas partes se retan entre sí con sus guerreros Bakugan y sus cartas Bakugan.

La próxima vez que te enfrentes en una batalla, asegúrate de llevar esta guía en el bolsillo. Tiene todo lo que necesitas saber sobre Bakugan. Conocerás a todos los guerreros Bakugan y cómo obtienen sus poderes. Descubrirás cuáles son los peleadores más importantes y qué les gusta. También aprenderás algunas pistas y estrategias para jugar.

Diviértete con este libro y después… ¡qué empiece la batalla!

¡HOLA! ME LLAMO DAN

Sé que esto va a sonar raro, pero un día todo mi mundo cambió. Empezaron a caer cartas del cielo como si fuera lluvia. Al principio, no sabíamos de dónde venían ni quién las enviaba. Solo sabíamos que no eran cartas normales y corrientes. ¡Y que estaba pasando en todas partes del mundo!

Junto con mis amigos de Internet de todo el mundo, inventamos un juego muy entretenido llamado Bakugan. Fue entonces cuando se reveló el poder de las cartas. Cada una tiene su propia bestia de batalla que cobra vida cuando la lanzas al suelo. Las batallas son intensas y si eliges la carta equivocada, puedes perderla y también a tu guerrero Bakugan.

Pero eso es solo la mitad de la historia. Otra batalla incluso más grande estaba llevándose a cabo en un universo paralelo llamado Vestroia. Ese universo es de donde proceden los guerreros Bakugan. El universo obtiene su poder de dos fuentes: el Núcleo Infinito y el Núcleo Silencioso. Una bestia dragonoid llamada Naga quería quedarse con todo el poder. Intentó robarlo, pero fracasó. Se tragó el Núcleo Silencioso, una fuente de energía negativa. Entonces, el Núcleo Infinito, una fuente de energía positiva, cayó sobre la Tierra.

Y no solo cayó eso. Ese día, muchos Bakugan entraron por la puerta que hay entre los dos mundos. Estos guerreros eran diferentes que las bestias que había en las cartas, ya que podían hablar con sus dueños. Así fue como obtuve a mi Bakugan, Drago.

Naga estaba desesperado por encontrar el Núcleo Infinito. Envió a un humano llamado Masquerade a buscarlo. También quería que Masquerade enviara a Bakugan a la Dimensión Fatal para que robara su energía.

Así fue como aprendí que las batallas son más que un juego. Junto con mis amigos Runo, Marucho, Shun, Julie y Alice, decidimos detener a Masquerade y salvar el mundo. También conseguimos salvar nuestro Bakugan de la Dimensión Fatal. Oye, es un trabajo difícil, pero alguien tiene que hacerlo, ¿no?

Cuando las cartas Bakugan cayeron del cielo, aterrizaron en países de todo el mundo. Chicos y chicas por todo el planeta se convirtieron en peleadores Bakugan.

Los peleadores son tan variados como los Bakugan con los que pelean. Hay niños y niñas. Algunos son muy listos y otros son abusones. Algunos son amables y otros son siniestros.

Pero los mejores peleadores tienen una cosa en común: combinan sus habilidades y estrategias cuando pelean con sus Bakugan. Los buenos peleadores tienen que ser capaces de tomar decisiones rápidas, sobre todo a la hora de lanzar un Bakugan al campo de batalla. Tienen que saber qué cartas tienen que usar cuando sus Bakugan necesitan más poder.

La habilidad y estrategia no son lo único que necesita un peleador. ¿Cuál es el tercer ingrediente? La confianza. Es fácil desanimarse cuando pierdes tu primer Bakugan en una batalla. Los mejores peleadores saben que no pueden rendirse mientras todavía siga un Bakugan en pie.

En esta sección vas a conocer a Dan, a sus amigos y a sus Guardianes Bakugan. También conocerás a algunos oponentes de Dan, incluyendo a Masquerade, ¡que quiere enviar a todos los Bakugan a la Dimensión Fatal!

Sigue leyendo para descubrir qué les gusta a estos peleadores. ¡A lo mejor puedes aprender algunos trucos!

DAN

EDAD: 12

ESTILO DE PELEA:
Un maestro del juego de poder, a Dan le gusta usar los Bakugan más grandes y malvados para combatir a sus oponèntes.

Junto con Shun, Dan inventó las reglas del juego Bakugan. Dan dedica su vida al Bakugan. Habla del tema sin parar en la escuela, juega durante su tiempo libre y sueña con él por la noche.

A Dan le gusta utilizar los atributos del fuego en la batalla, que se complementan perfectamente con su ardiente personalidad. Dan tiene mucha energía y siempre quiere pelear. Pero a veces se desespera y cuando las cosas no salen como él quiere, se pone de muy mal humor. Eso a veces hace que Dan pierda alguna batalla.

El mal genio de Dan puede ser la razón por la que nunca ha sido el número uno en las clasificaciones de Bakugan. Es lo que más desea en esta vida y no parará hasta conseguir llegar a la cima.

GUARDIÁN BAKUGAN DE DAN: Drago

CONOCIDO POR: Drago puede emitir un calor muy intenso que disuelve todo a su alrededor.

CARTA DE PODER: Dragón Poderoso, que le da un poder a Drago de 50 G extra. Drago es un Bakugan Dragonoid que se atribuye al mundo del fuego, Pyrus. En la dimensión conocida como Vestroia, era el líder de los Bakugan. El equilibrado Drago creía que Vestroia debería mantenerse separada del mundo humano. Todo eso cambió, por supuesto, cuando Naga abrió la puerta y Drago fue arrastrado hasta el mundo humano. Ahora Drago pelea para Dan. Los dos no siempre se llevan bien, pero Drago es leal a Dan y lo ha ayudado en muchas batallas. Drago es extremadamente poderoso y tiene la capacidad de evolucionar por sí solo.

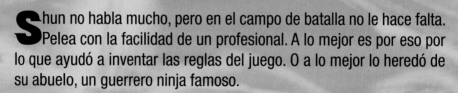

Shun no habla mucho, pero en el campo de batalla no le hace falta. Pelea con la facilidad de un profesional. A lo mejor es por eso por lo que ayudó a inventar las reglas del juego. O a lo mejor lo heredó de su abuelo, un guerrero ninja famoso.

Durante mucho tiempo, Shun fue el número uno de los peleadores Bakugan. Entonces, apareció el misterioso Masquerade y le robó el título. Shun tuvo que pasar por mucho para volver a estar en la cima.

GUARDIÁN BAKUGAN DE SHUN: Ventus Skyress

CONOCIDO POR: Al igual que el fénix, Skyress tiene el increíble poder de resucitar cuando lo han vencido.

CARTA DE PODER: Viento Violento de Nobleza Verde aumenta el poder de este Bakugan por 100 G.

Solo un maestro peleador como Shun podría manejar un Bakugan como Ventus Skyress. Al obtener poder del viento, Skyress pelea con sus grandes alas y sus largas colas, que terminan en unas plumas afiladas. Además de su habilidad para resucitar, Skyress también puede ver el futuro y ver a través de los objetos.

SHUN

EDAD: 13

ESTILO DE PELEA:
Igual que un ninja, Shun calcula cuidadosamente todos sus movimientos.

MARUCHO

EDAD: 11

ESTILO DE PELEA:
Marucho cree que si memorizas los datos de cada Bakugan, no puedes perder.

marucho tiene todo lo que un niño puede querer: una gran mansión, las computadoras más caras e incluso un zoológico personal. Pero no hay nada más importante para él que Bakugan y sus amigos peleadores.

Marucho puede que sea pequeño, pero tiene un gran cerebro repleto de datos sobre cada Bakugan y cada carta Bakugan que hay en la Tierra. Usa sus conocimientos para hacer estrategias de batalla. Sin embargo, a veces hace falta más que datos para ganar una batalla, también tienes que aprender a confiar en tus instintos. Marucho tiene que confiar en sí mismo y puede que aprenda la lección de la forma más dura.

GUARDIÁN BAKUGAN DE MARUCHO: Aquos Preyas

CONOCIDO POR: Preyas tiene la inusual habilidad de cambiar atributos.

CARTA DE PODER: Botín Azul. Esta carta le quita 50 G al Bakugan de tu oponente y aumenta 50 G al tuyo.

Preyas puede que tenga el aspecto de un monstruo que ha salido de una laguna fangosa, pero prefiere hacerte reír que asustarte. Puede cambiar su forma de obtener poder, ya sea del fuego, la tierra, la luz, la oscuridad, el agua o el viento. A Preyas le gusta ver la expresión de sorpresa en la cara de sus oponentes cuando cambia.

A Preyas le encanta hacer tonterías, pero se toma su lealtad a Marucho muy en serio. Preyas y Marucho se admiran mutuamente. Esto hace que sean buenos amigos y que formen un excelente equipo en el campo de batalla.

Cuando Julie pelea, sus oponentes a veces piensan que la van a vencer fácilmente. A lo mejor es por su belleza o porque puede ser un poco frívola. Siempre sonríe, aunque se sienta mal.

Pero a la hora de la batalla… ¡cuidado! Julie aplasta a sus oponentes con el poderoso Bakugan Subterra. Los Bakugan al otro lado del campo de batalla no saben a qué se están enfrentando, y Julie sale vencedora, con una sonrisa en la cara, por supuesto.

GUARDIÁN BAKUGAN DE JULIE:

Subterra Gorem

CONOCIDO POR: Una coraza externa muy dura que es difícil de vencer.

CARTA DE PODER: Impacto Mega, que le da 50 G extra a Gorem.

Subterra Gorem parece una gran bestia sacada de una piedra. Obtiene su poder del mundo Subterra, lo que significa que recibe la energía de la Tierra. Su cuerpo está hecho de células extremadamente duras que son muy difíciles de penetrar.

Gorem puede tener un aspecto terrible, pero por dentro es afable. Es amable y haría cualquier cosa que le pidiera Julie. Sin embargo, tiene muy mal carácter y cuando le entra el genio, solo Julie lo puede calmar.

EDAD: 12

ESTILO DE PELEA:
Una maestra de los ataques directos; Julie confía más en el poder de su Bakugan que en la estrategia.

RUNO

EDAD: 12

ESTILO DE PELEA:
Runo combina sus movimientos poderosos con una estrategia inteligente.

Runo es hija única. Sus padres tienen un restaurante, y cuando Runo no está peleando, trabaja ahí de mesera. Le gusta pelear con Bakugan que tengan atributos de luz del planeta Haos.

Dan y Runo tienen muchas cosas en común. A los dos les encanta Bakugan, y Runo también es energética e impaciente. Se enoja cuando pierde. Cuando juega en equipo, a veces hace algún movimiento sin consultarlo con los miembros de su equipo. Runo y Dan forman un buen equipo en el campo de batalla.

GUARDIÁN BAKUGAN DE RUNO: Haos Tigrerra

CONOCIDO POR: La cuchilla que tiene Tigrerra en el cuerpo puede cortar cualquier cosa del mundo humano.

CARTA DE PODER: Colmillo de Cristal le da a Tigrerra un poder adicional de 80 G.

El Haos Tigrerra de Runo es inteligente y amable cuando no está en el campo de batalla. ¡En la batalla es salvaje! Es una bestia poderosa que lo da todo en la pelea. Sus oponentes saben que tienen que utilizar sus mejores defensas cuando ven las garras afiladas de Tigrerra y sus fuertes músculos.

Tigrerra está totalmente volcada en Runo y confía en ella plenamente. Protege a Runo pase lo que pase.

No encontrarás muchas veces a Alice peleando con su Bakugan, pero cuando Dan y sus amigos necesitan consejo, siempre le consultan por Internet. Aunque vive en Rusia, las sugerencias de Alice están tan solo a un clic de distancia.

Alice tiene una habilidad especial que a la mayoría de los PELEADORES les gustaría tener: ¡puede ver los G de cualquier Bakugan en el campo de batalla! Eso le da una ventaja adicional en la batalla.

Gracias a una dosis de energía oscura, el cuerpo de Alice hospedó al misterioso peleador, Masquerade. La pobre Alice ni siquiera sabía que tenía otra identidad. Cuando por fin vencieron a Masquerade, Alice se quedó con su Darkus Hydranoid, que evolucionó para convertirse en un Ultimate Hydranoid después de tragarse toda la energía de la Dimensión Fatal.

ALICE

EDAD: 14

ESTILO DE PELEA:
Al igual que Marucho, a Alice le gusta estudiar los Bakugan para planear una estrategia de batalla.

MASQUERADE

EDAD: Desconocida

ESTILO DE PELEA:
Masquerade utiliza las Cartas Fatales para provocar la destrucción total de sus oponentes.

Cuando este peleador enmascarado aparece en escena, nadie sabe qué está buscando. Entonces Masquerade empieza a utilizar sus Cartas Fatales para enviar a su oponente Bakugan a la Dimensión Fatal para siempre. Dan y sus amigos descubrieron muy pronto que Masquerade estaba recolectando energía para Naga. Al igual que el malvado científico, Hal-G, Masquerade quiere ayudar a Naga para que llegue a gobernar a Vestroia y la Tierra.

Masquerade es despiadado con sus oponentes. Prefiere Bakugan con atributos Darkus y sabe cómo usarlos. ¿Cuántos Bakugan enviará Masquerade a la Dimensión Fatal antes de que lo detengan?

GUARDIÁN BAKUGAN DE MASQUERADE:
Darkus Hydranoid

CONOCIDO POR: Darkus Hydranoid es malo hasta la médula.

Esta bestia corpulenta puede que se mueva con lentitud, pero Darkus Hydranoid es tan malvado que se vuelve despiadado en el campo de batalla. Las escamas afiladas que tiene en el cuerpo pueden causar grandes daños en su oponente.

¿Por qué Hydranoid es tan cruel en el campo de batalla? Puedes darle las gracias a su dueño por eso. Masquerade tiene a Hydranoid completamente bajo su control. Darkus Hydranoid no puede dar ni un solo paso sin que se lo ordene Masquerade.

El abuelo de Alice, Michael, no es un peleador. Es un científico que estudia los Bakugan. A Michael le intrigaban los Bakugan cuando empezaron a caer del cielo, así que empezó una investigación.

Michael hizo un descubrimiento importante. Aprendió que los Bakugan provienen de otra dimensión llamada Vestroia. Después descubrió la entrada que une Vestroia con la Tierra.

¿Cómo es la dimensión de Vestroia? Michael quería averiguarlo, así que viajó hasta ahí. Sin embargo, ocurrió una gran desgracia cuando se quedó atrapado en la energía maligna del Núcleo Silencioso, una de las fuentes de poder de Vestroia. Esta energía transformó a Michael en Hal-G, ¡y fue entonces cuando las cosas se empezaron a poner feas!

MICHAEL

Algunas personas dicen que cuando el abuelo de Alice, Michael, se quedó atrapado en la energía maligna, se convirtió en una criatura mitad humana, mitad Bakugan. Desde luego, Hal-G no tiene aspecto humano, así que seguramente es verdad.

Hal-G es el sirviente leal de Naga, un Dragonoid que quiere apoderarse de Vestroia y la Tierra. Para conseguirlo, Naga necesita el Núcleo Infinito, y Hal-G hará cualquier cosa para ayudarlo.

GUARDIÁN BAKUGAN DE HAL-G: Naga

CONOCIDO POR: Se rumorea que los poderes de Naga llegan al increíble nivel de 1000 G.

Los sueños de poder de Naga se originaron cuando le puso las garras encima al científico humano Michael. Una vez que Michael se transformó en el malvado Hal-G, Naga lo utilizó para que lo ayudara a alcanzar sus objetivos.

Naga quiere gobernar la Tierra y a Vestroia. Está dispuesto a destruir todos los Bakugan para conseguirlo. Drago intentó razonar con Naga, pero Naga no lo escuchó. Cuando Naga absorbió el Núcleo Silencioso se volvió tan malvado que no merecía la pena intentar hablar con él. La única manera de detener a Naga es en el campo de batalla Bakugan. Pero, ¿cómo se puede vencer a una bestia con tanto poder?

JOE

Joe es el que está a cargo de la página de Internet de Bakugan. Es un genio de las computadoras, pero no le gusta mucho pelear. Le gusta más averiguar lo que están haciendo los peleadores.

Joe sabe mucho sobre los peleadores Bakugan y por eso Dan y sus amigos creían que era un espía de Masquerade. Pero Joe les demostró que no es así, y se unió a su misión de detener a Masquerade para siempre. Como sabe tanto, es un miembro muy útil en el equipo.

BILLY

Billy y Julie se conocen desde que eran pequeños. A los dos les gustan los Bakugan con atributos Subterra. Pero cuando Billy cayó bajo el control de Masquerade, Julie se tuvo que enfrentar a su viejo amigo en el campo de batalla.

Billy es un maestro peleador y ha llegado a ser décimo en el mundo. Se ha aliado con el peleador Komba. En el campo de batalla, utiliza a su poderoso Subterra Cycloid para vencer a sus oponentes.

KOMBA

Komba vive en Nairobi, África, pero está dispuesto a viajar a cualquier parte del mundo por una buena batalla Bakugan. Luchó dos veces contra Shun y perdió las dos. Entonces, le pidió a Shun que fuera su maestro.

Al igual que Billy, Komba cayó bajo el control de Masquerade. Es inteligente en el campo de batalla y ha llegado a ser el quinto en la clasificación. Su guardián Bakugan es Ventus Harpus, una bestia alada con garras afiladas.

Klaus es uno de los mejores peleadores del mundo; solo Shun y Masquerade han alcanzado puestos más altos que él. Su familia es tan rica que vive en un castillo. La combinación de riqueza y habilidad hacen que Klaus sea bastante presumido.

Klaus se convirtió en el primer escudero de Masquerade. Con la ayuda de su Bakugan, Aquos Sirenoid, luchó contra Dan y sus amigos. En una batalla se apoderó del guardián Bakugan de Marucho, Preyas.

CHAN

Chan es una peleadora experta que ha llegado a ser tercera en el mundo. Eso hizo que Masquerade quisiera mantenerla bajo su control. Con Klaus y Julio, luchó contra Dan, Marucho y Runo. El guardián Bakugan de Chan es Pyrus Fourtress.

JULIO

El musculoso Julio es un tipo inmenso del grupo de Masquerade que realiza grandes proezas en el campo de batalla. Pelea con su Haos Tentaclear, una bestia con un solo ojo y seis tentáculos. Julio ha llegado a ser cuarto en la clasificación Bakugan.

VESTROIA
Y SUS
PLANETAS

Imagínate un lugar donde todos los Bakugan habitan en su forma guerrera. Se bañan en ríos acaudalados. Vuelan en vientos huracanados. Viven libres y se hacen fuertes en cuerpo y espíritu.

Hay un lugar así y se llama Vestroia. Este universo está compuesto de seis planetas diferentes. Cada planeta tiene un atributo distinto: fuego, tierra, agua, aire, luz y oscuridad. Cada Bakugan proviene de uno de estos planetas y obtiene su poder de ese planeta.

Toda la energía de Vestroia proviene de dos fuentes: el Núcleo Infinito y el Núcleo Silencioso. El Núcleo Infinito produce energía positiva. El Núcleo Silencioso produce energía negativa. Se necesitan los dos núcleos para mantener el equilibrio en Vestroia.

Las cosas se desequilibraron cuando Naga, un Dragonoid, absorbió el Núcleo Silencioso. Entonces el Núcleo Infinito cayó sobre la Tierra. Sin los dos núcleos, Vestroia se hundió en el caos.

Cuando se abrió la puerta que comunica Vestroia con la Tierra por primera vez, muchos Bakugan cayeron al mundo de los humanos. En nuestro mundo, estos adquieren la forma de pelotas Bakugan que se abren cuando se lanzan al campo de batalla durante una pelea. Cuando sucede esto, los peleadores ven durante un momento cómo es la vida en Vestroia.

En las siguientes páginas aprenderás más cosas sobre los seis planetas de Vestroia y verás qué tipo de poder le dan al Bakugan que vivía ahí.

PYRUS

Tienes que viajar a la profundidad, hasta el centro de Vestroia, para encontrar a Pyrus. Este planeta emite continuamente un calor abrasador. La mayoría de los Bakugan se quemarían bajo estas condiciones, pero los Bakugan Pyrus se encuentran en la gloria ahí. Obtienen su poder del calor y las llamas.

En el campo de batalla, los Bakugan Pyrus descargan su fuego poderoso en sus oponentes durante sus fieros ataques. Los ataques de Pyrus son rápidos, ardientes y furiosos.

Los oponentes de Dan sienten mucho calor cuando pelea con Bakugan Pyrus.

VENTUS

Los Bakugan Ventus obtienen su poder del viento y el aire. En Vestroia, surcan los vientos que soplan por la superficie de Ventus.

Los Bakugan Ventus pueden atacar con la fuerza de un tornado. Al igual que una tormenta, pueden atacar rápidamente, sin avisar.

Shun se eleva con su Bakugan Ventus.

AQUOS

El planeta Aquos está cubierto de agua. Desde el espacio, el agua parece que está tranquila y en calma. Pero por debajo de la superficie, los guerreros Bakugan pelean y se entrenan.

Los Bakugan Aquos pueden pelear en cualquier espacio acuático: el mar, un lago, un río… Al igual que el agua, pueden pasar de una posición de ataque a la siguiente en el campo de batalla. Y al igual que en una marejada, pueden lanzar una inmensa ola de poder contra sus oponentes.

Los Bakugan Aquos navegan con Marucho.

SUBTERRA

Encima del planeta Subterra encontrarás llanuras, colinas y montañas áridas y rocosas. Por debajo de la superficie hay túneles subterráneos. Los Bakugan Subterra se entrenan por encima y por debajo de la tierra. Su planeta árido los hace muy duros.

Los Bakugan Subterra tienen el cuerpo duro como una roca. Cuando atacan, pueden aplastar a sus oponentes con la fuerza de una gran roca. Sus ataques poderosos se sienten como terremotos en el campo de batalla.

Julie impresiona en todas sus batallas con su Bakugan Subterra.

HAOS

más te vale ponerte gafas de sol si vas al planeta Haos. La luz potente de este planeta brillante te puede hacer daño en los ojos. La energía que produce su luz es especial. El planeta está rodeado de un área mística que ayuda a los Bakugan Haos a obtener su poder.

En el campo de batalla, los Bakugan Haos pueden controlar la luz y la energía. Pueden cegar a sus oponentes con un poder explosivo.

Runo ilumina el campo de batalla con su Bakugan Haos.

DARKUS

En las profundidades del Hemisferio Oscuro de Vestroia encontrarás el planeta Darkus. Los Bakugan que viven ahí obtienen su poder de las penumbras y las sombras.

Cuanto más oscuro está, más fuerte es el Bakugan Darkus. Algunos dicen que los corazones de los Bakugan Darkus también son oscuros. Pueden ser muy crueles en el campo de batalla y causar destrucciones despiadadas. Muchos peleadores expertos se ponen nerviosos cuando ven un Bakugan Darkus al otro lado del campo de batalla.

Al tenebroso Masquerade le gusta pelear con su Bakugan Darkus.

GUERREROS
BAKUGAN

Todos los Bakugan obtienen su poder de uno de los seis planetas de Vestroia. Además, cada Bakugan pertenece a una clase específica de guerrero. Se conocen casi cincuenta clases de guerreros en Vestroia, y se irán descubriendo más a medida que los Bakugan sigan entrando por la puerta que comunica con el mundo humano.

Algunas clases de guerreros tienen la capacidad de evolucionar y convertirse en un Bakugan nuevo. Algunos guerreros evolucionan por sí mismos. Otros necesitan una carta especial para evolucionar. Cuando un Bakugan evoluciona, se convierte en una versión más grande y más aguerrida de sí mismo.

APRENDE LOS
NOMBRES

El nombre de un Bakugan suele ser una combinación del planeta de donde proviene y la clase de guerrero que es. Así que un Saurus del planeta Subterra se llamaría Subterra Saurus. Un Saurus del planeta Pyrus se llamaría Pyrus Saurus.

A algunos peleadores, como Dan, les gusta poner apodos a sus Bakugan. Dan llama a su Pyrus Dragonoid por el diminutivo "Drago". ¿Cómo te gustaría llamar a tu Bakugan?

APOLLONIR

Al igual que Drago, el Guardián Bakugan de Dan, Apollonir es un Pyrus Dragonoid. Este guerrero legendario es el líder de los seis famosos soldados de Vestroia.

BEE STRIKER

Este guerrero tiene el aspecto de ¡una abeja enorme! Y, por supuesto, una abeja enorme tiene un aguijón enorme.

BLADE TIGRERRA

¡Olvídate de las garras! Blade Tigrerra cuando pelea utiliza las cuchillas afiladas que tiene por todo el cuerpo. Esa es la forma evolucionada de Tigrerra. Este monstruo con aspecto de tigre camina sobre dos patas.

CENTIPOID

Deberías salir volando si te encuentras con este Bakugan temerario. Si el aspecto de sus patas no te asusta, las pinzas gigantes que tiene harán que busques un escondite cuanto antes.

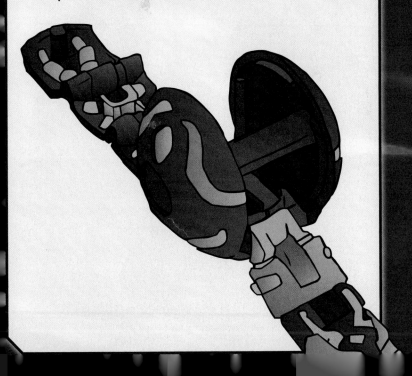

CLAYF

Clayf es un Bakugan Subterra y uno de los seis soldados legendarios de Vestroia. Se dice que Clayf es el más fuerte de los seis soldados. Este guerrero tiene el cuerpo duro como una roca y está hecho de arcilla.

CYCLOID

Este Bakugan de un solo ojo es inmenso! El colosal Cycloid lleva un martillo gigantesco en la mano derecha. Si Cycloid mueve su martillo, cúbrete. Este poderoso Bakugan atesta unos golpes increíbles.

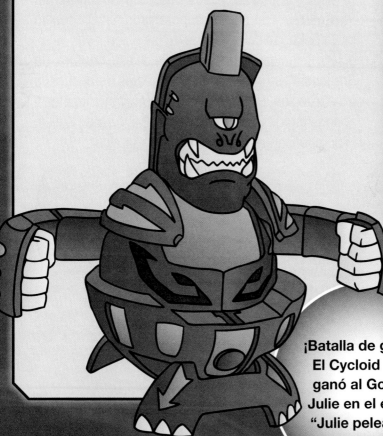

¡Batalla de gigantes! El Cycloid de Billy ganó al Gorem de Julie en el episodio "Julie pelea duro".

DRAGONOID

Con sus manos y pies poderosos en forma de garras y un cuerno superafilado, un Dragonoid es un Bakugan con el que no te las quieres ver. Ni siquiera te molestes en esconderte de esta criatura. Un Dragonoid es un experto en combates de búsqueda y destrucción. Los Dragonoid son muy inteligentes y aunque puede que no sean los Bakugan más ágiles, lo compensan con sus poderosos ataques.

DELTA DRAGONOID

Dragonoid es uno de los pocos Bakugan que pueden evolucionar por sí solos. El Delta Dragonoid es la primera versión evolucionada de esta poderosa bestia con forma de dragón. Una vez que se transforma, Delta Dragonoid tiene una capucha en forma de cobra en la cabeza y unos pinchos afilados por todo el cuerpo. También tiene más G, lo que hace que sea difícil de vencer en el campo de batalla.

El Drago de Dan evoluciona en un Delta Dragonoid en el episodio "¡Drago se quema!"

EL CÓNDOR

Este guerrero de aspecto extraño puede parecer un tótem de madera, pero no lo es. El Cóndor es un Bakugan con capacidad de volar. Prepárate para un ataque por arriba si peleas contra el Cóndor. Este Bakugan vuela muy alto, por encima de ti, para lanzarse al ataque.

En "Duelo en el desierto", Komba utilizó su Ventus El Cóndor para vencer al Falconeer de Shun.

EXEDRA

¿ Quién dijo que dos cabezas son mejores que una? No pudo haber sido Exedra porque este Bakugan sabe que es mucho mejor tener ocho cabezas. Este legendario Bakugan Darkus, que es uno de los seis soldados de Vestroia, parece una serpiente con muchas cabezas.

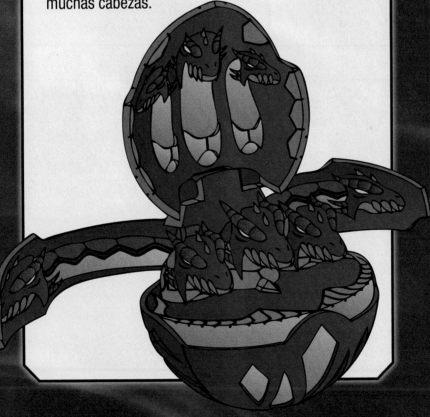

FALCONEER

¡Terror en las alturas! Este Bakugan ataca a su presa desde el cielo. Mágico y misterioso, Falconeer tiene habilidades psíquicas poderosas que le permiten ver a través de los objetos, no importa cuán lejos estén ni qué haya delante. Si vences a Falconeer, no lo celebres enseguida. Esta criatura con aspecto de fénix puede resucitar y reparar cualquier daño que le hayan hecho.

Shuji puede que sea un abusón, pero tiene unos Bakugan buenísimos. Su Ventus Falconeer es difícil de vencer.

FEAR RIPPER

Fear Ripper está diseñado para atacar con sus manos afiladas con grandes cuchillas. Y además, Fear Ripper sabe exactamente cómo usarlas. En el campo de batalla ataca rápida y ferozmente.

Cuando Dan y el abusón de Shuji estaban peleando por segunda vez, el guerrero Pyrus Fear Ripper cayó a la Tierra y luchó contra el Drago de Dan. Drago utilizó el Dragón Poderoso para ganar la batalla.

FOURTRESS

¿Cómo te puedes defender de un ataque de Fourtress? Todo depende de cuál de sus tres caras estés mirando. Cada cara le da a Fourtress distintas habilidades: pena, delicadeza o ira. Si este Bakugan pelea para ti, seguro que te echa una mano. ¡Tiene cuatro!

¿Viste la gran batalla en equipo de Dan y sus amigos contra los peleadores de Masquerade? Si es así, recordarás el grito fiero de pelea del Fourtress de Dan: "¡Soy Fourtress! ¡Maestro de las llamas! ¡Mi ira quemará todo lo que se cruce en mi camino!".

52

FROSCH

Seguro que estarías dando saltos si tuvieras este Bakugan en tu equipo. Frosch tiene aspecto de rana y es un legendario Bakugan Aquos y uno de los seis soldados de Vestroia. Frosch es extremadamente inteligente y se le conoce por su plan estratégico de ataque.

GARGONOID

Si Gargonoid no se mueve, lo puedes confundir con una gárgola. Su cara y sus alas poderosas lo hacen parecer una de esas criaturas de piedra. ¡Pero nunca te encontrarás a Gargonoid sentado encima de un tejado! Como a todos los Bakugan, a este guerrero le encanta pelear.

GOREM

Este Bakugan gigante parece una roca andante. Sus oponentes rebotan en el duro caparazón de Gorem. La tarjeta de habilidad Mega Impacto le da a Gorem un poder extra de 50 G.

¡Julie se sentía tan sola! Todos sus amigos hablaban de Bakugan y ella no tenía ninguno. Entonces Gorem la oyó llorar y extendió su mano rocosa para hacerse amigo de Julie. Julie cree que Gorem es el mejor Bakugan que puede tener una chica.

GRIFFON

Griffon parece como si estuviera hecho de tres criaturas diferentes. Tiene cuerpo de león, alas de águila y cola de reptil.

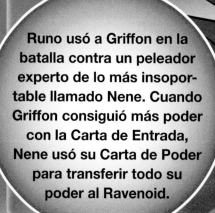

Runo usó a Griffon en la batalla contra un peleador experto de lo más insoportable llamado Nene. Cuando Griffon consiguió más poder con la Carta de Entrada, Nene usó su Carta de Poder para transferir todo su poder al Ravenoid.

HAMMER GOREM

La forma evolucionada de Gorem, Hammer Gorem, puede pegar grandes palizas. Este Bakugan es más fuerte y poderoso cuando evoluciona. De hecho, su cuerpo rocoso se vuelve incluso más duro, lo que hace que Gorem sea difícil de vencer.

HARPUS

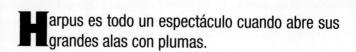

Harpus es todo un espectáculo cuando abre sus grandes alas con plumas.

El Ventus Harpus de Komba suelta insultos que hacen más daño que sus garras. Es un maleducado que insulta a sus oponentes en el campo de batalla.

HYDRANOID

Hydranoid es una bestia enorme con aspecto de dragón que tiene unas púas afiladas por todo el cuerpo. Es incluso más feroz de lo que aparenta. Este Bakugan malvado es famoso por ser cruel y despiadado en la batalla. Le encanta aplastar a sus oponentes con la cola.

Cada vez que Masquerade envía un Bakugan a la Dimensión Fatal, su Darkus Hydranoid se hace más fuerte.

HYNOID

El Hynoid de cuatro patas parece una hiena con mal genio.

El Hynoid de Billy luchó contra el Rattleoid de Julie en el episodio "Una pareja perfecta".

JUGGERNOID

Un Juggernoid es como una fortaleza Bakugan andante. Es casi imposible hacer daño a esta bestia acorazada. Muchos peleadores han intentado vencer a Juggernoid y han fracasado. Es difícil encontrar un punto débil en su armadura.

Este Bakugan no solo se defiende. Un golpe de Juggernoid deja a sus oponentes temblando, y envía ondas por todo el universo Bakugan.

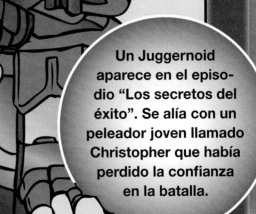

Un Juggernoid aparece en el episodio "Los secretos del éxito". Se alía con un peleador joven llamado Christopher que había perdido la confianza en la batalla.

LASERMAN

Sus láseres incorporados le proporcionan a Laserman las armas perfectas. Este Bakugan con aspecto de robot está armado y listo para pelear.

LIMULUS

¡Ay! Los pinchos que tiene Limulus en la espalda están superafilados, mejor no los toques. Pero eso no es todo lo que tiene Limulus. Todo su cuerpo está cubierto por una armadura resistente que es muy difícil romper.

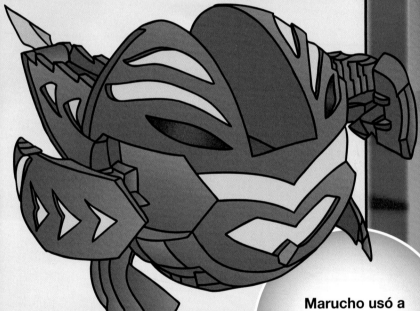

Marucho usó a Limulus para pelear contra el experto peleador Klaus.

MANION

El misterioso Manion parece una esfinge con su cara elegante y su cuerpo delgado de león.

Chan usa su Carta de Poder Amun-Re para subir el poder G de su Manion 100 puntos.

MANTRIS

El aceroso Mantris puede acercarse sigilosamente a su presa y atacar. Una vez que este Bakugan te ha clavado las garras, ¡no puedes soltarte!

Cuando Dan luchó contra Shuji por primera vez, Shuji usó un Subterra Mantris para vencer al Pyrus Serpenoid de Dan.

MONARUS

No te dejes engañar por el bello Monarus. Solo porque este Bakugan tiene aspecto de mariposa con espléndidas alas no quiere decir que no pueda causar grandes destrozos en la batalla.

En una batalla contra asquerade, Hydranoid taba a punto de enviar Drago a la Dimensión Fatal. Shun sacrificó su Monarus para salvar a Drago.

OBERUS

La amabilidad también tiene su lugar en el campo de batalla. Pregúntaselo a Oberus. Este Bakugan es conocido por su compasión. Oberus, con su aspecto de polilla, es un Ventus Bakugan legendario y uno de los seis soldados de Vestroia.

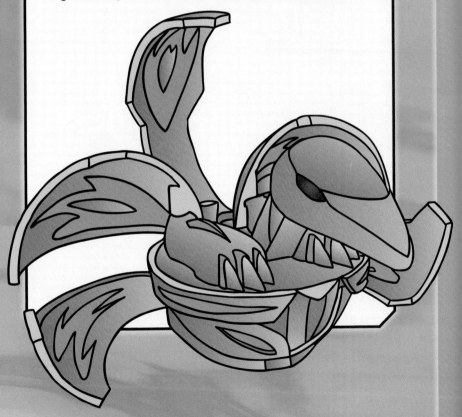

PREYAS

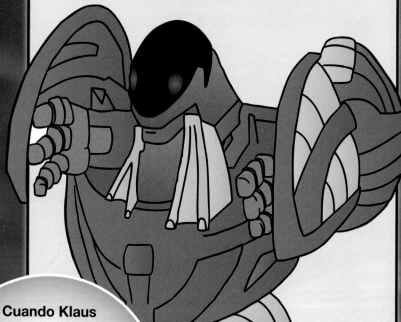

Preyas tiene la increíble capacidad de cambiar atributos cuando lo necesita. Este Bakugan versátil te resultará de gran ayuda en la batalla.

Cuando Klaus capturó el Preyas de Marucho, su simpático amigo fue expuesto a la energía negativa. Durante un periodo corto de tiempo, Preyas pasó de ser un tipo bueno a ser un tipo malvado.

RATTLEOID

Rattleoid y Serpenoid se parecen mucho. Los dos son enormes, fieros y tienen aspecto de serpiente. ¿Cómo los puedes distinguir? Rattleoid tiene una armadura en la cabeza y un cascabel en la punta de la cola.

Al peleador Billy le gusta usar una CARTA DE PODER llamada Colmillo Venenoso con su Rattleoid. Aumenta el G de Rattleoid 50 puntos y su oponente Bakugan pierde 50 puntos.

RAVENOID

Un Ravenoid puede parecer un pájaro, pero tiene una protección superresistente. Todo su cuerpo está cubierto de una placa que le sirve de armadura.

En el episodio "Mi buen amigo", el Tentaclear de Julio envió al Ravenoid de Runo a la Dimensión Fatal.

REAPER

Aquí tienes un consejo que debería seguir todo peleador: nunca hagas que un Reaper se enoje contigo. Un Reaper espera pacientemente y deja que su ira crezca cada vez más hasta que llega el momento adecuado. Entonces, este Bakugan explota y se venga de sus enemigos atestándoles un golpe detrás de otro. El cruel Reaper se siente muy orgulloso de su venganza y muestra su poderosa furia.

Cuando Masquerade apareció en escena por primera vez, utilizó un Reaper para asustar a sus oponentes.

ROBOTALLIAN

Eres un peleador con suerte si Robotallian está de tu lado. Lo más importante para este Bakugan es servir y proteger a sus amigos. Robotallian es un fantástico guardaespaldas. Con sus poderosas garras y sus gigantescas cuchillas, que son capaces de cortar prácticamente cualquier material, este Bakugan no dejará que nada se interponga en su camino a la hora de cumplir su misión.

El leal Robotallian tiene otro talento especial. Puede moverse a la velocidad del rayo, tan rápido que es difícil de apreciar sus movimientos si eres humano.

Dan tenía un Robotallian. Lo perdió en la Dimensión Fatal en una batalla contra Julio.

SAURUS

Ni adornos ni aspavientos. A Saurus no le preo-
cupa la estrategia del camuflaje. Este Bakugan
sale dando golpes y con su fuerza bruta puede de-
rrotar a sus oponentes. ¿Qué hace Saurus con los
oponentes que creen que pueden vencerlo? A este
Bakugan nada lo hace más feliz que aplastar a sus
contrincantes y dejarlos reducidos en nada.

Después de perd
contra Masquerade,
luchó contra uno de
peleadores de Masqu
Tetsuya. Runo usó su
Saurus y su Haos Tig
para ganar la
batalla.

SERPENOID

Aplastar lentamente es el método que elige Serpenoid para vencer a sus enemigos. Este Bakugan con aspecto de serpiente se enrosca alrededor de su contrincante y lo aplasta lenta y dolorosamente. Serpenoid obtiene energía al hacer esto, lo que lo hace más fuerte a medida que absorbe el poder de su enemigo. Es probable que veas a Serpenoid deslizándose por el suelo, pero cuidado. Puede dar un salto y atacarte sin previo aviso.

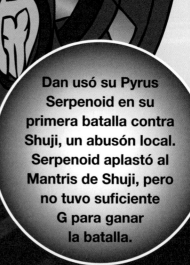

Dan usó su Pyrus Serpenoid en su primera batalla contra Shuji, un abusón local. Serpenoid aplastó al Mantris de Shuji, pero no tuvo suficiente G para ganar la batalla.

SIEGE

Si alguna vez estás en apuros durante una batalla, ¡Siege podría ser el Bakugan acorazado que te salve! Siege está completamente protegido gracias a su resistente armadura. Ataca a sus enemigos con un golpe de su lanza afilada.

SIRENOID

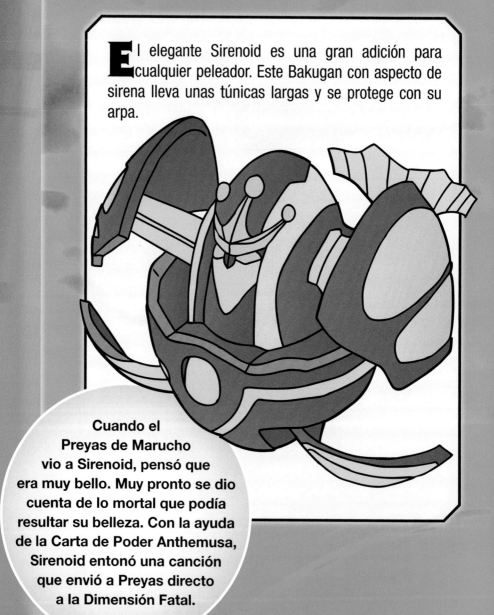

El elegante Sirenoid es una gran adición para cualquier peleador. Este Bakugan con aspecto de sirena lleva unas túnicas largas y se protege con su arpa.

Cuando el Preyas de Marucho vio a Sirenoid, pensó que era muy bello. Muy pronto se dio cuenta de lo mortal que podía resultar su belleza. Con la ayuda de la Carta de Poder Anthemusa, Sirenoid entonó una canción que envió a Preyas directo a la Dimensión Fatal.

SKYRESS

Los PELEADORES expertos saben que Skyress es un poderoso oponente en la batalla. Este Bakugan con aspecto de halcón se mueve con agilidad, ocasionando la destrucción rápida y segura a su paso.

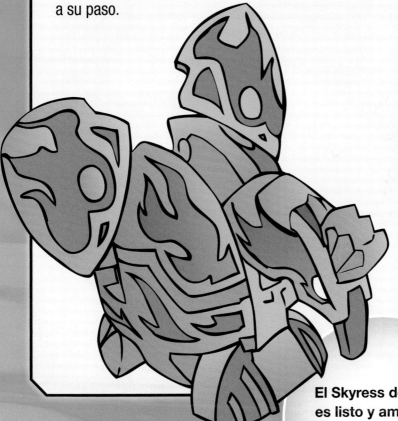

El Skyress de Shun es listo y amable, y suele darle buenos consejos a Shun.

STINGSLASH

Cuando este Bakugan da un latigazo con la cola, sus oponentes sienten el golpe. Stinglash parece un escorpión con cara humanoide, ¡bastante siniestro! Pero el aspecto es lo de menos cuando tu guerrero está causando destrozos en el campo de batalla.

Marucho usó un Stinglash en la batalla contra las jóvenes estrellas Jenny y Jewls.

STORM SKYRESS

Cuando Skyress evoluciona en un Storm Skyress, se vuelve más grande, más fuerte e incluso más poderoso.

TENTACLEAR

Tentaclear solo necesita un ojo. Lanza un rayo láser potente por su único ojo, cegando a sus oponentes. Después este Bakugan usa sus tentáculos para lanzar grandes golpes a su desconcertado enemigo.

TERRORCLAW

¿Vas hacia atrás como los cangrejos? A lo mejor es porque te has encontrado a este Bakugan cangrejero en la batalla. Sus inmensas pinzas afiladas pueden despedazar a sus enemigos.

TIGRERRA

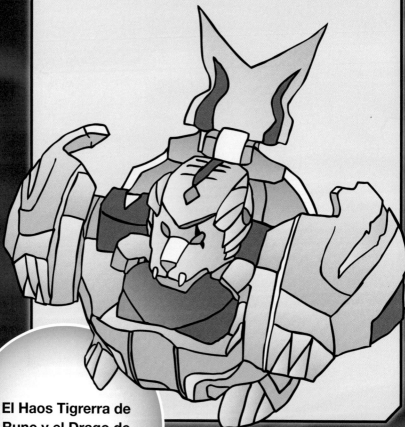

¡Gatito, gatito! Un Bakugan ágil y rápido, Tigrerra vence a sus enemigos con facilidad. Este temible guerrero atigrado tiene una armadura que lo protege.

El Haos Tigrerra de Runo y el Drago de Dan son buenos amigos.

TUSKOR

Tuskor se acerca rodando a cualquier contrincante, mostrando sus dos largos y letales colmillos. Con la Carta de Poder llamada Golpe de Nariz, Tuskor puede pelear contra un Bakugan que está encima de una Carta de Entrada.

WARIUS

Este guerrero temible no toma prisioneros. Warius es alto y fuerte y tiene un mazo resistente que utiliza para aplastar a sus enemigos.

WAVERN

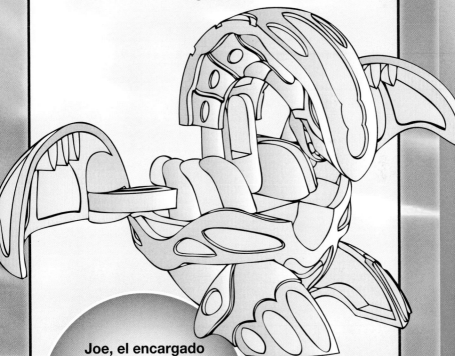

La brillante y blanca Wavern es una Bakugan sabia y amable. Es la gemela de Naga, pero no podrían ser más distintos. Ella lleva dentro la energía positiva del Núcleo Infinito, mientras que Naga se ha tragado el Núcleo Silencioso negativo.

Joe, el encargado del Internet de Bakugan, vio a Wavern por primera vez en un sueño. Ella le advirtió que no permitieran que Naga conseguiera el Núcleo Infinito.

WORMQUAKE

No deberás usar a este gusano de cebo a no ser que quieras pescar un Bakugan muy grande y malvado. Wormquake es un gusano gigantesco que tiene una boca enorme llena de dientes afilados que pueden provocar mucho dolor.

Cuando el amigo de Julie, Billy, pelea con su Wormquake, utiliza una Carta de Poder llamada Trampa de Arena. Le quita a los oponentes de Wormquake 50 G.

>>> PELEA <<<
BÁSICA

¿Quieres ser un peleador Bakugan? Necesitas habilidad, estrategia y valor, pero estas tres cosas las consigues con práctica. Para empezar, todo lo que necesitas son algunas Cartas de Entrada Bakugan y pelotas Bakugan. En esta sección aprenderás a pelear con tu Bakugan de dos formas: juego de velocidad y juego en la arena con múltiples jugadores. Pero antes tienes que aprender a usar tus cartas y las pelotas.

PELOTAS BAKUGAN

Cuando los Bakugan entran en el mundo humano, pierden su forma de guerreros. Se transforman en pelotas Bakugan. Dentro de cada pelota hay un guerrero esperando salir.

Para liberar a tu guerrero Bakugan, debes lanzar la pelota al campo de batalla. Cuando la pelota se para, debería abrirse y revelar a tu guerrero. Una vez que ocurre esto, tu Bakugan se pone de pie.

Cuando tu Bakugan se pone de pie, puedes ver un número dentro de la pelota. Este número es el Poder G que tiene el Bakugan. Es un número importante. Cuando juegas a Bakugan, el guerrero con más Poder G gana la batalla. No te preocupes si tu pelota Bakugan tiene un Poder G bajo. Puedes usar tus cartas Bakugan para obtener más poder.

CARTAS >>> >>> DE ENTRADA BAKUGAN

No puedes jugar Bakugan sin las Cartas de Entrada Bakugan. Estas cartas forman el campo de batalla Bakugan. Hay cuatro tipos de cartas Bakugan.

Cada carta Bakugan tiene dos lados. El lado Sector es la parte de atrás de la carta. El lado Holo Sector tiene un símbolo por cada uno de los seis planetas. Dentro de cada símbolo hay un número + o -. Este número te dice el Poder G que se suma o resta al del Bakugan que hay encima.

Hay otro número en el lado Holo Sector: el HSP. Este número indica el número de Puntos Holo Sector que tiene la carta. Al final de la batalla, estos puntos se suman para determinar el gran ganador.

NORMAL:

Esta carta tiene seis niveles de Poder G y HSP.

. . . .

COMANDO:

Esta carta tiene instrucciones adicionales que los jugadores deben seguir además de sumar o restar el Poder G.

. . . .

PERSONAJE:

El Poder G de un Bakugan se dobla cuando cae en la carta de su propio personaje.

. . . .

PODER:

Esta carta tiene una orden especial que los jugadores deben seguir además de sumar o restar Poder G.

JUEGO DE VELOCIDAD

Para el Juego de Velocidad necesitas dos jugadores y por lo menos un Bakugan y una Carta
de Entrada para cada uno. Puedes pelear una vez
o seguir peleando hasta que se acaben todas las
cartas. Al final del juego, el jugador con más HSP
(puntos Holo Sector) es el ganador.

. . . .

PASO 1: EMPIEZA

El jugador más joven va primero y es el Jugador 1.
El Jugador 1 pone una carta boca abajo.

PASO 2: LANZA

El Jugador 1 lanza un Bakugan. Si la pelota del
Jugador 1 cae encima de la carta, el Jugador 1 puede
empezar a jugar. Si la pelota del Jugador 1 no cae
encima de la carta, el Jugador 1 tiene que volver a
lanzar en el siguiente turno. En cualquier caso, ahora
le toca al Jugador 2.

CÓMO LANZAR TU BAKUGAN

Asegúrate que tu Bakugan está a una distancia de
dos cartas de la carta que está boca abajo. Entonces
lanza tu Bakugan al campo de batalla.

PASO 3: ¡PELEA!

El Jugador 2 lanza un Bakugan. El Jugador 1 y el Jugador 2 se turnan hasta que cada uno tenga un Bakugan encima de la carta. ¡Entonces llega la hora de la pelea! Mira el número que tiene cada Bakugan. Ese número te dice cuántos G tiene cada Bakugan.

¿QUÉ PASA SI...

un jugador tiene dos Bakugan encima de la misma carta? El jugador automáticamente se queda con la carta.

PASO 4: DA LA VUELTA A LA CARTA DE ENTRADA

Ha llegado el momento de darle la vuelta a la Carta de Entrada. Mira los seis símbolos de Poder G de la carta. Iguala el nivel de Poder G con el del planeta del que proviene tu Bakugan. Suma o resta esos puntos del G a los de tu Bakugan. Por ejemplo, si tienes un Bakugan Pyrus con 200 G y el nivel de poder en el símbolo de Pyrus es +50, tu Bakugan ahora tiene 250 G.

PASO 5: SUMA

Ahora el Jugador 1 y el Jugador 2 comparan sus Bakugan para ver cuál tiene más G. El jugador cuyo Bakugan tenga el número de G más alto se queda con la carta y el Bakugan.

¿QUÉ PASA SI...

hay empate? Entonces cada jugador se queda con su Bakugan y la carta se retira del juego.

PASO 6: SIGUIENTE RONDA

¡Final de la primera ronda! Si quieres seguir jugando, el Jugador 2 pone una carta boca abajo y la pelea comienza de nuevo. El jugador que ganó la batalla anterior tira primero. Un par de detalles: no puedes pelear con los Bakugan que has capturado, solo con el Bakugan que has llevado a la batalla. También, una vez que se ha usado una carta, no se puede volver a usar.

PASO 7: JUEGUEN POR TURNOS

Ambos jugadores se turnan para ir poniendo cartas boca abajo hasta que se hayan capturado todas las cartas. Cuando terminen de pelear, deberán averiguar quién es el ganador.

PASO 8: CUENTA LOS HSP

Cada jugador tiene que contar sus puntos HSP. Primero, suma los HSP de todas las cartas que has capturado. Después añade 100 HSP por cada Bakugan que tengas. El jugador con más HSP gana.

JUEGA LIMPIO: Los guerreros Bakugan y las cartas solo se pueden capturar durante la batalla. Cuando termina el juego, los jugadores deben devolver los Bakugan y las Cartas de Entrada que han capturado de su oponente.

JUGADOR 1:	JUGADOR 2:
Cartas de Entrada: 850 HSPs	Cartas de Entrada: 600 HSPs
Bakugan capturados: 300 HSPs	Bakugan capturados: 400 HSPs
TOTAL: 1150 HSPS	**TOTAL: 1000 HSPS**

¡GANA EL JUGADOR 1!

JUEGO EN LA >>> ARENA

Para el Juego en la Arena, necesitas entre 2 y 4 jugadores. Todos los jugadores deben usar el mismo número de Bakugan y Cartas de Entrada. Hay un mínimo de tres Cartas de Entrada por jugador. Independientemente de cuántas cartas se usen, solo se puede usar una CARTA DE PODER.

PASO 1: ¡CAMPO DE BATALLA BAKUGAN!

Cada jugador pone una carta boca abajo en el campo de batalla, en el lado opuesto de donde está el jugador. La primera carta que se pone no puede ser la Carta de Poder.

¿QUÉ PASA SI...

solo hay dos jugadores? Entonces cada jugador pone dos cartas para empezar.

PASO 2: ¡LANZA!

El jugador más joven lanza primero. Pueden suceder dos cosas: el Bakugan cae en la carta o no. Si no cae en la carta, te quedas con tu Bakugan. Si cae en la carta, tu carta se queda en el campo de batalla hasta el momento de la pelea. En cualquier caso, si tienes otra carta, la puedes poner en el campo de batalla.

Una vez que ha jugado el primer jugador, les toca el turno a los demás, que deberán jugar en orden y en el sentido contrario a las manecillas del reloj.

¿QUÉ PASA SI...

tu Bakugan derriba a un Bakugan que está encima de una carta y se pone él a su vez encima? ¡Ganas la batalla!

PASO 3: ¡PELEA!

Si dos Bakugan caen en la misma carta, ¡es hora de pelear! Da la vuelta a la Carta de Entrada que hay debajo del Bakugan. Se pelea igual que en el del Juego de Velocidad: das la vuelta a la Carta de Entrada y sumas los G. El jugador cuyo Bakugan tenga más puntos G gana la batalla. Ese jugador captura la carta y el Bakugan de su oponente.

¿QUÉ PASA SI...

los puntos G de dos Bakugan son iguales? ¡Es la hora de la Pelea Súbita! Cada jugador recupera su Bakugan. La Carta de Entrada se deja con el Sector Holo hacia arriba. Entonces ambos jugadores lanzan a la vez. Si uno de los jugadores falla, la carta se queda en el campo de batalla para el siguiente turno. Si solo queda un jugador de pie, ese jugador gana la batalla. Si los dos jugadores se quedan de pie, se vuelve a hacer una Pelea Súbita.

PASO 4: PLANTARSE

Cuando no puedes lanzar más Bakugan, te puedes plantar. Elige un Bakugan que esté encima de una carta y di "me planto". Si no hay otro Bakugan sobre esa carta durante esa ronda, capturas la carta y recuperas tu Bakugan.

PASO 5: CORONAR AL GANADOR

Los jugadores se turnan para lanzar los Bakugan hasta que se hayan capturado todos los Bakugan y las Cartas de Entrada, o hasta que solo queda un jugador al que le quedan Bakugan para lanzar. Al igual que en el Juego de Velocidad, todos suman sus puntos HSP de las cartas que han capturado. Después se suman 100 puntos por cada Bakugan que tengan. El jugador con más HSP gana el juego.

PISTAS PARA LA PELEA

Tú controlas los Bakugan que usas y las cartas que lanzas. Vamos a imaginar que estás usando un Bakugan Aquos. Empieza con una Carta de Entrada que le dé mucho poder al Bakugan Aquos. Después intenta apuntar a la Carta de Entrada. Así cuando luches tendrás ventaja.

Caer en la carta que quieres no es tan fácil como parece. Se necesita destreza. Practica en tus ratos libres. Así, a la hora de la pelea, tendrás mejor puntería.

Piensa en especializarte en Bakugan que sean de un determinado planeta, como Pyrus o Subterra. Si tienes todos los guerreros Subterra y todas tus Cartas de Entrada dan poder extra a los Bakugan Subterra, tendrás más posibilidades de caer en una Carta de Entrada que te ayude.

¡Pelea tantas veces quieras! Cuanto más luches, mejor conocerás a tu Bakugan.

LAS DIEZ MEJORES
BATALLAS

"¡SE ABRE EL CAMPO DE BATALLA BAKUGAN!"

Esas palabras provocan un escalofrío de emoción en todos los peleadores Bakugan. El tiempo se para cuando se forma el campo de batalla con las Cartas de Entrada. Una vez que el campo de batalla está listo, ¡es hora de pelear!

¿Qué hace que la pelea sea tan emocionante? A veces son los guerreros Bakugan en la batalla. Es muy emocionante ver una bestia poderosa que nunca habías visto antes. A veces, es la estrategia que utilizan los jugadores. No hay nada como cuando un peleador está a punto de perder y de pronto saca una Carta de Poder y gana todo. Otras veces, son los peleadores. Incluso un mal peleador puede hacer que una batalla sea entretenida.

En esta sección leerás sobre las diez mejores batallas Bakugan hasta la fecha. ¡Siempre que los peleadores sigan retándose entre ellos, esta lista seguirá creciendo!

DAN CONTRA SHUJI:

La primera batalla de Dan contra el abusón de Shuji fue bastante típica. Shuji utilizó muchos Bakugan grandes con los que no sabía batallar, y Dan arrasó el campo de batalla rápidamente.

Pero la segunda batalla de Dan contra Shuji fue memorable. ¿Por qué? Fue la primera vez que Drago y Dan pelearon juntos.

Dan y Shuji estaban empatados en una pelea. El Pyrus Serpentoid de Dan estaba enroscado alrededor del Darkus Stinglash de Shuji. Dan necesitaba más poder, así que usó la Carta de Poder llamada Batalla de Cuarteto. Con esta carta, tanto él como Shuji podían añadir otro Bakugan a la batalla.

En ese mismo momento, la puerta entre Vestroia y la Tierra se abrió. Fear Ripper y Drago entraron por la puerta y se unieron a la batalla. Drago luchó por Dan. Intentó razonar con Fear Ripper, pero el Bakugan Darkus no escuchó. Así que Drago usó el Dragón Poderoso para eliminar a Fear Ripper del juego.

CHRISTOPHER CONTRA TRAVIS:

Esta batalla se encuentra en esta lista porque sirve de inspiración a peleadores de todas partes.

Christopher era un peleador joven que acababa de aprender a jugar Bakugan. Un abusón llamado Travis obligaba a Christopher a pelear todos los días, y Christopher perdía todas las veces. Estaba listo para olvidarse de Bakugan.

Entonces, Alice se encontró con Christopher un día y este le contó su historia. Alice se dio cuenta de que Christopher solo necesitaba un poco de confianza en sí mismo para vencer a Travis. Fue con Christopher a su siguiente batalla como entrenadora. Por circunstancias extrañas, Alice tuvo que salir del campo de batalla, pero Christopher continuó oyendo su voz.

—No todo consiste en habilidad y fuerza —le decía Alice—. ¡La confianza gana batallas!

Christopher escuchó. No perdió la confianza en sí mismo, ni siquiera cuando perdió una ronda. Al final, solo le quedaba un Bakugan: su Juggernoid. Pero con la ayuda de Alice y mucho valor, no solo ganó a Travis sino que también ganó su respeto.

RUNO *CONTRA* TATSUYA:

Runo fue una de las primeras víctimas de Masquerade. Se enojó muchísimo cuando el peleador enmascarado envió su Bakugan a la Dimensión Fatal. Quería vengarse.

Entonces, un día, abrió el Baku-Pod de Dan y vio un mensaje de Masquerade que decía que quería pelear. Al ver esta oportunidad, fue corriendo al lugar de la batalla. No encontró a Masquerade ya que este había mandado a otro peleador en su lugar: un niño llamado Tatsuya.

A Runo no le importó. Iba a vengarse de cualquier manera. Runo perdió su Juggernoid al principio de la batalla y su Haos Tigrerra le rogó que lo pusiera en el campo de batalla. Pero Runo tenía una estrategia pensada y actuó con paciencia. Le quitó a Tatsuya su Garganoid y Griffon. Fue entonces cuando Tatsuya sacó su arma secreta: un Fear Ripper feroz.

Runo tenía un plan. Envió a Tigrerra a ayudar a Saurus. Con un poco de energía extra que le dio la Carta de Poder Colmillo de Cristal, Tigrerra venció a Fear Ripper. Runo ganó la batalla, pero todavía tenía un asunto pendiente con Masquerade.

JULIE CONTRA BILLY:

Julie y Billy son amigos desde que eran pequeños, hasta que apareció Bakugan y ahora ambos son peleadores. Julie estaba deseando retar a su amigo en el campo de batalla.

La primera vez que pelearon, ganó Billy, gracias a su Cycloid. Julie estaba celosa de que Billy tuviera un Bakugan que hablaba y ella no. Fue a buscar uno al Valle Bakugan, pero no encontró más que arañas y polvo.

De vuelta en su habitación, abrió su corazón y confesó que quería un Bakugan. Fue entonces cuando su Bakugan Subterra Gorem empezó a hablar con ella. Julie estaba emocionada. ¡Por fin había encontrado un compañero Bakugan!

Le pidió a Billy la revancha. Cycloid y Gorem se enfrentaron, dos grandes potencias en el campo de batalla. Primero, Julie usó el Mega Impacto para bajar el poder de Gorem 50 G. Entonces la Carta de Entrada Un Nivel Inferior de Billy le quitó 100 puntos a Gorem. Cycloid atacó con su gran martillo, pero Billy no sabía que Gorem estaba protegido por su escudo. Los G de Cycloid bajaban cada vez que golpeaba a Gorem. El gigante de Julie terminó la batalla con un gran puñetazo.

CHAN LEE CONTRA DAN:

Chan Lee era el tercer jugador del mundo de la clasificación Bakugan y estaba bajo el control de Masquerade. Cuando retó a Dan a una batalla, los amigos de Dan no querían que se enfrentara a ella él solo. Pensaban que era demasiado dura para ganarle. Pero Dan quería pelear contra Chan Lee, aunque esta tuviera una Carta Fatal. Si Dan perdía, nunca volvería a ver a Drago.

Dan empezó a todo dar. Su Mantris venció a los dos primeros Bakugan de Chan Lee. Entonces Chan Lee sacó su fiero Fourtress y envió a Mantris a la Dimensión Fatal.

Chan Lee tenía otra sorpresa para Dan. Usó una carta llamada Revive para volver a poner a su Bakugan derrotado de vuelta en el campo. A Chan Lee le quedaban tres Bakugan, y Dan tenía a Siege y Drago.

Fourtress rápidamente se encargó de Siege. Drago eliminó a los otros dos Bakugan. Entonces se enfrentaron Fourtress y Drago cara a cara. Parecía que a Drago lo iban a enviar a la Dimensión Fatal cuando de pronto empezó a surgir en él un nuevo poder misterioso. Drago sacó a Fourtress del campo de batalla y Dan ganó la pelea contra Chan Lee. Ella juró vencerlo la próxima vez que se encontraran.

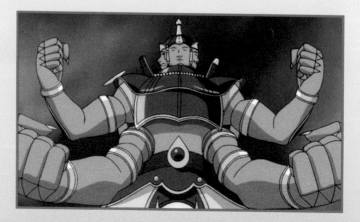

MASQUERADE CONTRA SUS SECUACES:

A Masquerade le encanta que otros peleadores hagan el trabajo sucio por él. De una manera u otra convenció a Klaus, Julio, Chan Lee y Komba que se unieran a su misión de enviar a los Bakugan a la Dimensión Fatal.

Cuando Masquerade terminó con sus secuaces, se enfrentó a ellos. Luchó contra cada uno de ellos y los venció a todos, ¡solo usando su Hydranoid! Rebosaba de alegría al ver cómo sus Bakugan eran enviados a la Dimensión Fatal.

Primero se encargó de Julio. Después fue por Chan Lee. Ella usó su Centipoid, Warius y Fourtress, pero el Hydranoid los venció a todos.

Komba fue la siguiente víctima de Masquerade. Su Harpus luchó fieramente por él, pero Masquerade usó un movimiento llamado Habilidad de Fusión para eludir la Explosión de Plumas.

Billy perdió a su buen amigo Cycloid en la siguiente batalla. Masquerade terminó con el arrogante Klaus. No quería usar su Sirenoid en la batalla, pero el Sirenoid desobedeció sus órdenes, se metió en la batalla y se sacrificó por Klaus. A Klaus se le rompió el corazón. Masquerade había finalizado su trabajo.

MASQUERADE Y SHUN CONTRA DAN:

Shun fue el peleador Bakugan número uno de la clasificación, pero lo dejó. Los amigos de Dan intentaron que Shun volviera a jugar para que los ayudara a vencer a Masquerade. Pero cuando Dan fue a buscar a Shun, Masquerade ya estaba ahí, tentando a Shun con el poder de su Carta Fatal.

Empezó una batalla de tres peleadores, con Masquerade y Shun unidos para vencer a Dan. O por lo menos eso era lo que parecía. Masquerade sacó su Hydranoid por primera vez durante la batalla. Estaba a punto de enviar a Drago a la Dimensión Fatal ¡cuando Shun sacrificó su Monarus para salvar a Drago!

Las cosas pronto se pusieron feas para Masquerade. Dan y Shun se unieron para vencer al Hydranoid. Skyress lo distraía mientras Drago le envió un ataque de fuego a la boca del Hydranoid. Masquerade perdió la batalla, y Skyress y Drago ahora se tenían que enfrentar entre ellos. Drago había ganado y Shun había vuelto al juego. Accedió a ayudar a Dan y sus amigos a vencer a Masquerade de una vez por todas.

DAN Y MARUCHO *CONTRA* JENNY Y JEWLS:

Esta entretenida pelea estuvo llena de giros. Empezó en una fiesta en la nueva (e inmensa) casa de Marucho. Primero, Preyas decidió que quería vivir con Marucho, así que se convirtió en el Bakugan de Marucho. Entonces, Jenny y Jewls llamaron a la puerta. Las cantantes famosas estaban deseando jugar Bakugan, pero su manager no las dejaba. De pronto, Masquerade las tentó con una Carta Fatal y las envió a pelear contra Dan.

Marucho se unió a Dan contra las gemelas en una pelea combinada. Observar esta batalla era como recibir una lección en estrategia Bakugan. Jenny luchó con un Bakugan Aquos y Jewls luchó con un Bakugan Subterra. Utilizaron movimientos diagonales para combinar los elementos de sus guerreros y darles más poder.

Dan y Marucho siguieron su ejemplo y también se aliaron. Al principio no estaban seguros de si Preyas jugaría bien en equipo porque estaba demasiado ocupado presumiendo y haciendo sus cosas. Pero al final, Preyas y Drago juntaron fuerzas para vencer los Bakugan de Jenny y Jewls.

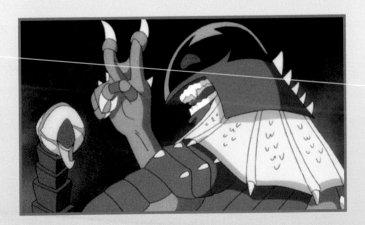

DAN, MARUCHO Y RUNO KLAUS, CHAN Y JULIO:

Obsesionado por el poder, Naga quería deshacerse de Drago para poder encontrar el Núcleo Infinito. Los secuaces de Marucho, Klaus, Chan y Julio le prometieron a su maestro Masquerade que vencerían a Drago. Los tres retaron a Dan, Marucho y Runo a una batalla triple.

La batalla empezó de forma sorprendente. ¡Klaus estaba peleando con el Preyas de Marucho! Preyas al final no había ido a la Dimensión Fatal, sino que lo había capturado Klaus. Al haber estado expuesto a la energía negativa, Preyas se había convertido en un monstruo.

Marucho quería recuperar a Preyas con tantas ansias que no se paró a pensar. Envió un Bakugan detrás de otro y los perdió todos. Él, Dan y Runo empezaron a discutir. Por fin, el Tigrerra de Runo arregló todo. Les dijo que tenían que trabajar en equipo o que nunca ganarían.

Los peleadores escucharon. Trabajaron juntos para vencer a sus Bakugan oponentes. Al final, Runo usó una carta llamada Luz Pura para quitarle Preyas a Klaus. Preyas volvió a la normalidad y Marucho estaba muy contento de tener a su amigo de vuelta.

DAN CONTRA MASQUERADE:

Joe le informó a Dan y a sus amigos que Masquerade iba tras ellos y que el poderoso Hydranoid de Masquerade había evolucionado.

Masquerade apareció, como había prometido, y la pelea empezó. Primero el Darkus Wormquake de Masquerade luchó contra el Pyrus Griffon de Dan. Griffon ganó esa batalla.

Masquerade entonces envió a su Darkus Laserman. Dan volvió a usar a Griffon, y este perdió incluso antes de que empezara la batalla. Masquerade usó una Carta de Entrada Comodín, que hizo que su Bakugan Darkus ganara la pelea.

Laserman se encargó del Saurus de Dan con Congelación de Arenas Movedizas. Fue entonces cuando el Drago de Dan entró a la batalla para enfrentarse al Dual Hydranoid de Masquerade. Los Bakugan se atacaban unos a otros. Dan usó una Carta de Entrada que dobló el poder de Drago. Pero antes de que pudiera atacar, Masquerade usó el Impacto de Destrucción y eliminó todo su G. Eso dejó a Drago sin recursos.

Dual Hydranoid envió a Drago a la Dimensión Fatal. Dan no podía soportar la idea de dejar a Drago irse solo, así que fue detrás de su amigo.

›››TU
BAKUGAN

¡Aquí tienes una buena forma de mejorar tu juego! Apunta en estas páginas todos los Bakugan que tengas y las cartas que usas con cada uno. Antes de pelear, mira tus estadísticas para planear tu estrategia.

NOMBRE DEL BAKUGAN: _____

ATRIBUTO PLANETARIO: _____

CLASE DE GUERRERO: _____

**CARTAS DE ENTRADA PARA
USAR CON ESTE BAKUGAN:**

_____

_____

_____

_____

**CARTAS DE PODER PARA
USAR CON ESTE BAKUGAN:**

_____

_____

_____

_____

BATALLAS GANADAS: _____

BATALLAS PERDIDAS: _____

NOMBRE DEL BAKUGAN: _____

ATRIBUTO PLANETARIO: _____

CLASE DE GUERRERO: _____

**CARTAS DE ENTRADA PARA
USAR CON ESTE BAKUGAN:**

_____

_____

_____

_____

_____

_____

**CARTAS DE PODER PARA
USAR CON ESTE BAKUGAN:**

_____

_____

_____

_____

_____

_____

BATALLAS GANADAS: _____

BATALLAS PERDIDAS: _____

NOMBRE DEL BAKUGAN: _____

ATRIBUTO PLANETARIO: _____

CLASE DE GUERRERO: _____

**CARTAS DE ENTRADA PARA
USAR CON ESTE BAKUGAN:**

_____

_____

_____

_____

_____

_____

**CARTAS DE PODER PARA
USAR CON ESTE BAKUGAN:**

_____

_____

_____

_____

_____

_____

BATALLAS GANADAS: _____

BATALLAS PERDIDAS: _____

NOMBRE DEL BAKUGAN: _____

ATRIBUTO PLANETARIO: _____

CLASE DE GUERRERO: _____

**CARTAS DE ENTRADA PARA
USAR CON ESTE BAKUGAN:**

_____

_____

_____

_____

_____

_____

**CARTAS DE PODER PARA
USAR CON ESTE BAKUGAN:**

_____

_____

_____

_____

_____

_____

BATALLAS GANADAS: _____

BATALLAS PERDIDAS: _____

NOMBRE DEL BAKUGAN: _____

ATRIBUTO PLANETARIO: _____

CLASE DE GUERRERO: _____

**CARTAS DE ENTRADA PARA
USAR CON ESTE BAKUGAN:**

_____

_____

_____

_____

_____

_____

**CARTAS DE PODER PARA
USAR CON ESTE BAKUGAN:**

_____

_____

_____

_____

_____

_____

BATALLAS GANADAS: _____

BATALLAS PERDIDAS: _____